Für
Irene Gerling
und
Prof. Erich Gladtke

© MUNKI PRESS VERLAGS-GMBH • KÖLN

Redaktion und Lektorat:
Irene M. Tschermak
Nino Ortner, Nicole Einsle

Gesamtentwurf Irene M. Tschermak
Layout Irene und Hans J. Ortner
Copyright © 1989 by Irene M. Tschermak
Reinzeichnung Barbara Beste
Alle Rechte vorbehalten • Printed in Spain
Druck: Egedsa Sabadell D.L.B. 33129-90
Copyright © by MUNKI PRESS VERLAGS-GMBH • Köln

ISBN 3-926750-09-X

Die Geschichte vom Blauglockenbaum und dem Schnüvogel im Schnüvogelwald.

Es war einmal ein Wald, in dem standen viele Bäume.
Manche hatten große Blätter, manche kleine.
Es gab solche mit gezackten Rändern und solche mit glatten oder gewellten.
Einige sahen aus wie fünf Finger an einer Hand und andere wie Perlen auf einer Schnur. Es gab runde, ovale, herzförmige, und genauso unterschiedlich wie die Blätter waren auch die verschiedenen Blüten.

Nur ein einziger Baum im Wald hatte weder Blätter noch Blüten! Nackt und kahl stand er jahrein, jahraus an seinem Platz. Er kannte weder die Freude, im Frühjahr kleine Knospen zu bekommen, sie wachsen zu lassen und zu öffnen, noch das glückliche Gefühl, im Schmuck der Blüten dazustehen, und auch nicht den stolzen Zustand, in seiner dichten Blätterkrone Tausende von kleinen und großen Tieren zu beherbergen.

Ja, so war das mit dem Blaum! Ihr habt richtig gehört: Blaum. B, l, a, u, m, das war sein Name. Also einen Namen hatte er ja wenigstens.

So stand er nun schon viele Jahre und wurde wegen seiner Kahlheit immer trauriger. Nicht einmal die Tatsache, daß er eine besonders schöne Gestalt hatte, konnte ihn trösten. Was hatte er auch davon? Nur im Winter fühlte er sich etwas glücklicher. Dann ließen ihn seine Nachbarn ab und zu ein Wörtchen mitreden; dann waren sie genauso nackt und kahl wie er. Aber im großen und ganzen hatten sie nicht viel für ihn übrig, denn er konnte ja nicht einmal rauschen.
Ja, so war das mit dem armen Blaum! Er war also nicht nur nackt und kahl, er war deswegen auch sehr einsam.

Aber eines Tages im Frühjahr kam ein großer, bunter, unbekannter Vogel angeflogen.
Alle Bäume reckten ihre Wipfel und hofften im stillen, er möge sich auf ihnen niederlassen. Jedoch der Vogel mochte wohl ein bißchen verrückt oder übermüdet sein, vielleicht litt er auch einfach an Geschmacksverirrung, denn er landete ausgerechnet auf dem nackten, einsamen Blaum. Der knackte zur Begrüßung mit seinen Ästen und Zweigen; rauschen konnte er ja nicht.

Der Vogel ordnete zunächst einmal seine Federn, und als er sich ein wenig ausgeruht hatte, guckte er den Blaum mit einem Auge an und sagte: „Schnü". Also, „Schnü", sagte der Vogel und dann noch vieles mehr. Der Blaum merkte bald, daß der Vogel nicht nur groß und schön, sondern auch außerordentlich lieb war.
Nun hatte der Blaum jemanden, mit dem er seine Gefühle und Gedanken austauschen konnte; das machte ihn sehr glücklich.

Dennoch bat er den Vogel sich einen anderen Wirtsbaum zu suchen! Er sagte ihm ganz ehrlich, daß er auch in diesem Frühling mit Sicherheit kein einziges Blättchen bekommen würde, so daß er ihm weder tagsüber Schutz vor der heißen Sommersonne bieten könne noch nachts einen sicheren versteckten Platz, geschweige denn, ein gemütliches Kinderzimmer, falls Frau Schnüvogel eines Tages auch eintreffen würde.

Nachdem der Vogel sich alles angehört hatte, wurde er sehr nachdenklich. Er zog ein Bein ein, schloß ein Auge und steckte den Kopf unter einen Flügel, so daß er mit dem anderen geöffneten Auge den Himmel beobachten konnte. So verbrachte er den Rest des Tages und die Nacht. Früh am Morgen reckte er den Hals, holte sein zweites Bein heraus, ließ sein buntes Gefieder in der Sonne funkeln, ordnete die kleinen Häkchen an seinen Federn und frühstückte: Borkenwürmer mit Grasspitzensalat. Dann sang er sein Morgenlied: Nimlich Nimlich Zwitscher Schnü – – Zwitscher Schnü – – Schnü Schnü Schnü! Anschließend breitete er die Flügel aus und flog davon. „Aha", dachte der Blaum und knackte leise zum Abschied. Jedoch der Vogel kam noch einmal aus den Wolken zurück und rief dem Blaum zu, er wolle ihm helfen, wisse aber noch nicht wie, aber das werde ihm sicher unterwegs noch einfallen. Und weg war er.

Unterwegs – ja, aber wohin unterwegs? Zunächst einmal nach oben. Bis zu den Wolken und dann noch ein Stück nach oben. Das war neu; sonst flog man entweder der Sonne entgegen oder von ihr fort, oder man sah sie mit dem linken Auge oder mit dem rechten. Nach oben also dieses Mal.

Längst hatte der Vogel die dicken Wolken durchquert. Von hier sahen sie aus wie weiche Wattebäusche.
Nun wurde ihm ganz leicht zumute. Er flog zeitweise mit dem Kopf hinten oder unten. Nun war er wirklich verrückt. Und das wäre beinahe schlecht ausgegangen.

Etwas Schnelles, Farbiges, Feuriges schoß an ihm vorüber, und an dessen Feuerschweif verbrannte er sich alle Federn; sicher wäre er ganz und gar verbrannt, hätte nicht der schnelle Fahrtwind, der anschließend einsetzte, die Flammen wieder gelöscht. Fahrtwind – Sturzflug – der nackte, kahlgebrannte, abgesengte Vogel raste himmelabwärts. Er fiel und fiel und fiel, und fiel schließlich in Ohnmacht. Er verlor also die Besinnung, und das ist wie schlafen; man weiß gar nicht, wo man ist und was gerade geschieht. Gottseidank kann man da nur sagen! Stellt Euch vor, wie erschrocken der Vogel gewesen wäre, hätte er miterlebt, was mit ihm geschah: Keine Schwungfedern zum Fliegen zu haben, keine Schwanzfedern zum Lenken, kein einziges Flaumfederchen zum Warmhalten. All das verschlief er sozusagen; aber wer schläft, der träumt auch. So kam es also dem Schnüvogel vor, als ob er nicht nach unten sauste, sondern weiterhin nach oben.

Höher und immer höher bis an ein Wolkenwattetor, an dem neben vielen Abbildungen in allen Schriften und Sprachen der Welt etwas geschrieben stand: Lieber Gott und Jesus, Allah, Buddha, Schiva und vieles mehr.

„Was ist denn das für eine bratfertige Ente?" fragte ein Wesen, das halb wie ein Mensch und halb wie ein Vogel aussah.

Und dann: „Bitte Alter, Herkunft und Anliegen angeben und im Wolkenwartesaal Platz nehmen."

Dort warteten auf Wolkenbänken noch unübersehbar viele andere Wesen. Die Abfertigung ging jedoch erstaunlich schnell. Im Nu wurde das Wort „Schnüvogel" aufgerufen.

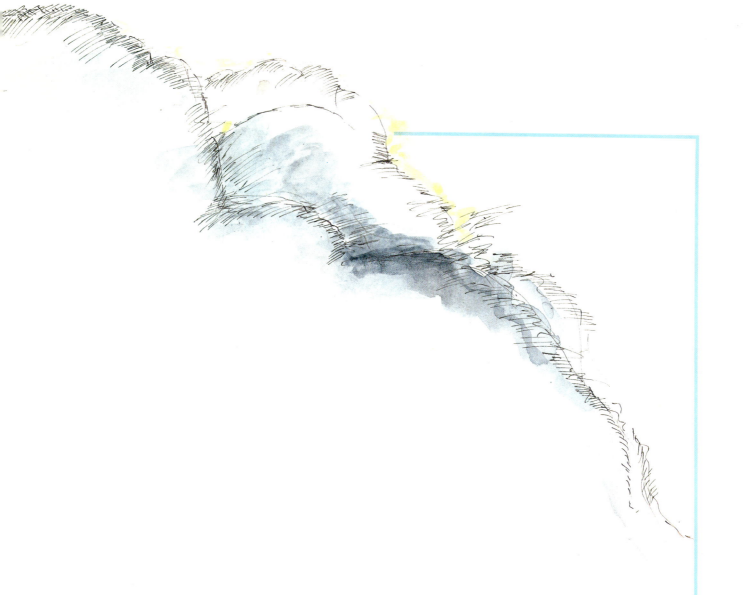

Sein Wolkenbänkchen schwebte mit ihm davon. Es landete vor einem gewaltigen dunklen Wolkenberg, aus dem eine genauso gewaltige Stimme ihn fragte, was man für ihn tun könne, er möge sich kurz fassen und deutlich ausdrücken.
Du lieber Gott, durchfuhr es den Schnüvogel, sollte das etwa…?
Nun erzählte er von dem Blaum und seinem traurigen Leben ohne Blätter und Blüten.

„Aha", sagte die Stimme, „sehr gut, du hast also den weiten Weg gemacht, um jemand anderem einen Gefallen zu tun, um ihm zu helfen. So etwas habe ich immer sehr gerne. Und wie ich sehe, hast du dabei eine Menge Federn gelassen, sogar alle. Du siehst wirklich aus wie eine bratfertige Ente!

Ja, ich weiß – der Blaum! Ich hatte ihn mir damals für eine besondere Gelegenheit aufbewahren wollen. Nun, ich gebe zu, ich habe ihn dann später ein bißchen, oder, um genau zu sein, ganz vergessen.

Gut, daß du mich an ihn erinnerst!"

„Außerdem ist deine selbstlose Tat an sich schon so eine besondere Gelegenheit, für die ich den Blaum aufgehoben hatte. Du darfst selber die Farben, Form und Größe der Blätter und Blüten für deinen Freund aussuchen, und der Wald soll von nun an Schüvogelwald heißen!"
Stellt Euch vor, was der Schnüvogel da für Wünsche hatte: Die Blätter sollten große samtweiche Herzen sein und die Blüten kleine blaue Glöckchen, die seinen Gesang begleiten konnten.
„So sei es!" sagte die Stimme.

Kracks machte es! Wißt Ihr, was das war? Der nackte Schnüvogel war mitten in den kahlen Blaum gefallen.
„Bist du es oder etwa nicht, oder etwas, was ich noch nicht kenne?" knackte der Blaum.
Wir wissen natürlich, er war es tatsächlich, denn im Gegensatz zu dem Blaum waren wir ja die ganze Zeit dabeigewesen. Aber der Schnüvogel war von dem Fallen ganz benommen und konnte nichts sagen.
„Haa! Ha! Har, was für ein schönes Paar", krächzten zwei vorüberfliegende schwarze Vögel. „Einer nackter als der andere!" Und sie kreischten und lachten so lange, bis immer mehr Tiere herbeikamen, um auch mal was zu lachen zu haben. Und die Nachbarbäume reckten ihre Wipfel und Zweige, um möglichst viel von

dem zu sehen, was es da zu sehen gab. Das war nicht sehr nett von den Bewohnern des Waldes, findet Ihr nicht auch?

Erst am Abend, als einer nach dem anderen nach Hause ging, hörte das schreckliche Gelächter auf. „Endlich", flüsterte der Schnüvogel, und der Blaum machte „knack", was so viel wie „ja" hieß. Nun konnte der Schnüvogel erzählen, was er auf seinem Flug erlebt hatte. Sie sprachen lange miteinander. „Leider war alles nur ein Traum, wie wir ja beide sehen", sagte der Schnüvogel und dachte traurig daran, daß er nicht einmal einen einzigen befiederten Flügel übrig hatte, unter den er seinen nackten Kopf zum Schlafen stecken könnte.

Da kam plötzlich der Mond hinter einer Wolke hervor. Und da es ein Vollmond war, wurde es beinahe taghell. Und nun konnten Blaum und Schnüvogel das Staunen lernen!

Am Blaum sah man plötzlich viele kleine pelzige Bällchen wachsen. Die öffneten sich und waren Tausende von kleinen blauen Glöckchen. Zur selben Zeit wuchsen dem Schnüvogel Federkiele, so daß er aussah wie ein geflügelter Igel.

Da gab es am anderen Tag für die Waldbewohner keinen Grund zum Auslachen. Nein, jetzt waren sie so überrascht, daß sie recht dumm in der Gegend herumstanden. Und die Nachbarbäume wisperten: „Hat einer von euch schon mal so geblüht? Oder habt ihr in der Verwandtschaft je davon gehört?" In der nächsten Nacht fielen die blauen Glöckchen auf die Erde, die Rinde des Blaumes platzte an vielen Stellen auf, und winzig kleine, zarte grünlichrote Blättchen schoben sich aus der harten Rinde hervor – beim Schnüvogel wuchsen Federspitzen aus den Kielen, die leuchteten in allen Farben des Regenbogens.

In der dritten Nacht wurden die klitzekleinen Blättchen zu großen, samtweichen Herzblättern, und die Federkiele fielen ab, so daß sich die Federn entfalten konnten. Und die leuchteten noch viel, viel schöner als die alten! So stand am dritten Morgen, als die Sonne aufging, der Blaum voller Herzblätter mit dem funkelnden Schnüvogel mittendrin und begann zu rauschen. Und der Schnüvogel sang sein Lied dazu: Nimlich Nimlich Zwitscher Schnü – – Zwitscher Schnü – – Schnü Schnü!

Irene M. Tschermak
kommt aus Berlin. Sie studierte dort an der Akademie für
Werkkunst und Mode und der Akademie für Graphik, Druck und Werbung.
Abgesehen von einigen ausgedehnten Studienreisen durch Europa
und die Vereinigten Staaten lebt und arbeitet sie seit 1967 als
freischaffende Künstlerin in Köln.
In Zeitschriften, Büchern und Mappenwerken wurde eine Vielzahl von ihren
Illustrationen veröffentlicht.
Das graphische Werk wurde in zahlreichen Ausstellungen gezeigt.

Irene Gerling
(6.1.1913 bis 5.6.1990)

Gründerin der Baukunst Architektur Gesellschaft
sowie der Galerie Baukunst und Kunstmäzenin.

Prof. Dr. med. Erich Gladtke
Direktor der Universitäts-Kinderklinik
in Köln vom 1.10.1970 bis 30.9.1990

In der Reihe Deutsche Märchen leitet als dritter Band Die Geschichte vom Blauglockenbaum eine neue Dimension ein: In der Sprache unserer Zeit zeigt die Autorin und Illustratorin Irene M. Tschermak mit ihrem tiefenpsychologischen Ansatz einen schöpferischen Weg auf, existentielle Bedrohung durch Fantasie zu überwinden. Die tiefe Trauer eines durch den Jahreszeitenkreis immer kahlen und einsamen Baumes erfährt eine Wende, als eines Tages ein großer, bunter, unbekannter Vogel angeflogen kommt...

So wie die sparsam angelegten und sensibel gestalteten Zeichnungen nicht selten den Rahmen der Bilder sprengen, führt der Text den Leser in eine Traumwelt, in der es an Herausforderungen nicht mangelt: selbstloser Einsatz muß mit Federnlassen bezahlt, Schadenfreude und Neid der Anderen muß ausgehalten werden.

Dennoch: Vertrauen in eine aufs äußerste gefährdete Welt, Ermutigung zu kreativem Denken und Handeln wider die Resignation – das ist hier das (pädagogische) Anliegen von Irene M. Tschermak.

„Soll eine Geschichte ein Kind fesseln", schreibt Bruno Bettelheim in seinem Plädoyer „Kinder brauchen Märchen" (1975), so muß sie es unterhalten und seine Neugier wecken. Um aber sein Leben zu bereichern, muß sie seine Phantasie anregen und ihm helfen, seine Verstandeskräfte zu entwickeln und seine Emotionen zu klären. Sie muß auf seine Ängste und Sehnsüchte abgestimmt sein, seine Schwierigkeiten aufgreifen und zugleich Lösungen für seine Probleme anbieten. Kurz: sie muß sich auf alle Persönlichkeitsaspekte beziehen. Dabei darf sie die kindlichen Nöte nicht verniedlichen; sie muß sie in ihrer Schwere ernst nehmen und gleichzeitig das Vertrauen des Kindes in sich selbst und in seine Zukunft stärken." Alle diese Voraussetzungen erfüllt „Die Geschichte vom Blauglockenbaum", wie sie Irene M. Tschermak in Text und Bild auf überzeugende Weise einfühlsam konzipiert hat. I.W.-W.